L'AMOUR MENDIANT,

OU

LES DEUX CHERCHEURS D'ESPRIT,

PANTOMIME-BALLET EN UN ACTE,

PAR M. GUVELIER;
MUSIQUE DE M. AMÉDÉE;
BALLETS DE M. RENAUZZY.

REPRÉSENTÉE A PARIS, SUR LE THÉATRE DU PANORAMA-DRAMATIQUE, LE 26 DÉCEMBRE 1822.

PRIX: 50 CENT.

PARIS,

CHEZ POLLET, LIBRAIRE-ÉDITEUR DE PIÈCES DE THÉATRE,
RUE DU TEMPLE, N° 36, VIS-A-VIS CELLE CHAPON.

1822.

PERSONNAGES   ACTEURS.

L'AMOUR mendiant.	Mlle *Cheza.*
BLAÏSOTIN, jeune paysan simple. . .	M. *Auguste.*
LAVIGNE , son père, vigneron réjoui. .	M. *Théodore.*
SIMPLICIE , jeune paysanne niaise. . .	Mlle *Adèle.*
LAGRIFFE, son père, procureur fiscal du village.	M. *Henri.*
Le sénéchal DORVIEUX, personnage ridicule et âgé	M. *Bouffé.*
Madame la Douairière PINBÈCHE, vieille femme mise avec richesse et charge . .	Mlle *Hugo.*
Un Tabellion	M. *St.-Charles.*
Une vieille Servante de Lagriffe (caricat.)	Mme *Louis.*

Deux grands Laquais du Sénéchal (caricatures).

Un petit Page de la Douairière (caricature).

Gardes-chasses, Paysans, Paysannes.

———

La scène est dans an village de France.

———

IMPR. DE MAD. JEUNEHOMME-CREMIÈRE,

L'AMOUR MENDIANT.

Le théâtre représente une campagne ; dans le fond un coteau avec des vignes ; à droite de l'acteur (à l'avant-scène) l'entrée d'une maison gothique , auprès un petit jardin , plus en avant une grotte ; à gauche en face un bosquet près dnquel on voit un tertre de verdure contre la maison est un banc ; à la porte on distingue un cordon de sonnette avec un pied de biche, au-dessus de la porte on voit une fenétre.

SCÈNE PREMIÈRE.

Tableau gai et animé, retraçant des vendanges. Un petit mendiant aveugle demande la charité ; il est rebuté partout, et ne trouve de compassion que dans Blaisotin qui lui offre son déjeûner. L'enfant s'éloigne en bénissant son bienfaiteur.

Au milieu de la gaîté générale , Blaisotin est seul triste et rêveur ; au lieu de travailler, il regarde la maison en mettant la main sur son cœur et en poussant de gros soupirs ; puis s'assied tristement près du bosquet.

SCÈNE II.

Le vieux Lavigne , son père, joyeux vigneron à la face rubiconde , qui dirigeait les travaux sur la colline, descend près de lui , le regarde en hochant la tête et l'aborde en lui frappant sur l'épaule.

Le jeune homme revient de sa distraction , se

4

lève d'un air hébêté, regarde son père et détourne
les yeux avec confusion.

Le père l'interroge pour connaître la cause de
son chagrin : Blaisotin les larmes aux yeux lui ra-
conte d'une façon comique ce qu'il éprouve pour
la fille du voisin Lagriffe, le procureur fiscal.

« Hélas! mon père, je ne puis la voir ni appro-
« cher de sa maison sans sentir mon cœur battre
« d'une force, d'une force!...

« Il y a du remède à ce mal là, (répond le
« joyeux Lavigne), mais tu es si jeune, si bête,
« et Simplicie est si niaise!... Comment penser à
« mettre en ménage deux pauvres ignorans?...

« Ah! mon père....

« Ne pleure pas nigaud, nous allons tâcher
« d'arranger cette affaire-là.... Le père de Sim-
« plicie, le fiscal Lagriffe, est riche et un peu fier,
« mais j'ai de l'or, ce beau vignoble tout entier
« est à moi, et je suis sûr qu'il ne me refusera pas ».

A ces mots Blaisotin ne peut plus se contenir il
saute de joie.

SCÈNE III.

Le tabellion s'avance au fond avec le tambour du
village; il vient proclamer une fête en l'honneur
du seigneur du canton, le sénéchal Dorvieux qui
va arriver. On l'entoure, on quitte le travail, les
vendangeurs forment divers grouppes de repos.
Pendant ce temps le père Lavigne prend à part le
tabellion et lui fait part du projet qu'il a de demander la fille de M. Lagriffe pour son fils Blaisotin.

Le tabellion approuve ce projet, il apprête d'a-
vance le papier timbré, la plume et l'encre qui ne
le quittent jamais, et se prépare à dresser le con-
trat.

Lavigne dit à son fils d'attendre avec calme le résultat de la négociation.

Le tabellion fait retirer tous les villageois, tous deux viennent près de la maison ; ils tirent un cordon de sonnette, une cloche a retenti, la porte s'ouvre, une vieille servante paraît et fait entrer les deux visiteurs.

SCÈNE IV.

Blaisotin seul détaille ses projets futurs et jouit d'avance du plaisir qu'il aura lorsqu'il sera le petit mari de celle qu'il aime.

SCÈNE V.

Simplicie paraît dans le jardin, ses yeux sont baissés, sa démarche est embarrassée : elle tient à la main un arosoir, elle s'en sert gauchement pour rafraîchir des fleurs : elle le quitte bientôt pour courir après un papillon qui vole devant elle, elle court contre Blaisotin qui la regarde et qu'elle n'a pas aperçu : elle parait étonnée et sourit en le voyant ; mais par une transition subite elle se désole d'avoir manqué le papillon ; elle le revoit sur une fleur, elle va le prendre et l'enchaîne avec un de ses cheveux.

Les deux grands enfans dansent en le fesant voler sans s'occuper d'autre chose.

Ce jeu lasse Blaisotin, il ne sait comment parler de son amour ; il commence sa déclaration de la manière la plus plaisante, elle lui rit au nez : il gronde la petite rieuse sur son enfantillage ; elle continue de rire. « Chut ! » dit Blaisotin.

Il se baisse, il entend le gazouillement d'un oiseau, il l'indique à Simplicie, elle écoute, son cœur

bat, sa figure s'anime : Blaisotin ravi de la faire
sourire essaie de monter à l'arbre sur lequel est
perché l'oiseau, il a de la peine à y parvenir,
après beaucoup de travail et de peine, il grimpe
et saisit le nid avec l'oiseau.

Simplicie, saute de joie ; elle cherche dans le
jardin une cage. Blaisotin descend de l'arbre et lui
apporte le nid, la jeune fillette caresse l'oiseau ; elle
apprête la cage, elle l'ouvre, son petit amoureux
veut l'y placer ; mais il est maladroit l'oiseau s'en-
vole, et le nid tombe à terre avec les œufs qui se
cassent.

Désolation des pauvres enfans, ils s'accusent
mutuellement de maladresse, ils se tournent le dos
et se boudent.

SCÈNE VI.

Le père Lavigne arrive avec le fiscal Lagriffe et
le tabellion ils s'arrêtent et se mettent à rire en se
moquant des deux amoureux ; ceux-ci un peu honteux se cachent la figure et s'éloignent. Le tabellion sort.

SCÈNE VII.

Lavigne réitère sa demande, Lagriffe qui a
d'autres projets lui répond que les deux enfans sont
trop jeunes et puis il ajoute en lui tendant la main
« Touchez-là vous n'aurez pas ma fille ».

SCÈNE VIII.

Un grand bruit attire l'attention générale vers
le fond ; les villageois et villageoises accourent de
divers côtés. Bientôt on voit paraître les gardes-

chasses, le tabellion les suit avec empressement,
il déploie toute l'importance de sa charge et fait
ranger tout le monde.

SCÈNE IX.

Un cortége villageois nombreux se deploie
sur la montagne; il précède en ordre le ridicule
sénéchal Dorvieux, suivi de ses deux laquais en
bourses et en grande tenue.

Après lui on voit venir la vieille madame
Pimbèche ayant son barbet sous le bras. Un petit
page en habit grotesque porte la queue de sa robe.
Le petit mendiant aveugle vient demander l'au-
mône à ces deux grands personnages; fâchés de
son importunité ils le font chasser par leurs laquais : l'enfant paraît piqué, il médite une ven-
geance et se retire.

SCÈNE X.

A l'aspect du sénéchal et de la dame tous les
paysans se sont inclinés et la joie semble animer
tous les grouppes. Le tabellion aborde le sénéchal
en se courbant jusqu'à terre.

Le seigneur annonce à tout le village que suivant
la coutume chaque année il vient offrir le prix de la
rose à la plus sage : (c'est ce qu'on lit sur une ban-
nière portée par les valets, tandis que la vieille
madame Pimbèche présente la chaîne d'or qui doit
payer et parer la vertu). Satisfaction des jeunes
filles, chacune espère obtenir le prix. Les villageois s'empressent d'élever une estrade pour placer le sénéchal et la douairière. Pendant ce temps
les femmes, d'après un signe du tabellion, s'assem-
blent du côté opposé et délibèrent pour faire choix
de la rosière.

Le sénéchal est monté sur l'estrade, madame Pimbèche est assise près de lui, les laquais sont eb out en arrière.

Les gardes-chasses sont au fond les villageois sur les côtés.

Les matronnes s'avancent gravement vers l'estrade, elles sont conduites par le tabelion; elles présentent au sénéchal Simplicie, comme la fille du hameau la plus modeste et la plus sage. Celle-ci marche les yeux baissés, Blaisotin joyeux de son triomphe la montre à son père.

Simplicie s'agenouille, madame Pimbèche donne le prix aux sénéchal; il passe la chaîne au cou de la jeune Agnès, il témoigne qu'il trouve la rosière jolie, et qu'il serait tout disposé à lui présenter un autre hommage. Blaisotin remarque les regards enflammés du seigneur il en paraît jaloux.

Simplicie est invitée par madame Pimbèche à ouvrir la danse champêtre, elle cherche un danseur: Blaisotin poussé par son père est près d'elle tout honteux, elle semble honteuse elle-même, pourtant elle va recevoir sa main, lorsque le sénéchal qui a mis ses gants blancs et qui a remonté son haut de chausses avec prétention, passe entre les deux timides villageois, et se présente lui-même: en même temps la vieille dame, l'éventail à la main, s'est approché de Blaisotin; elle l'invite, il paraît plus honteux encore. Les deux pauvres amans après bien des façons, cèdent aux désirs de leurs pères se laissent conduire par le gros monsieur et la grande dame, et figurent gauchement un menuet à quatre, après lequel il sont tous deux conduits sur l'estrade, de manière que la vieille Pimbèche ne perd pas de vue son jeune danseur et que le vieux sénéchal serre de près sa niaise et fraîche danseuse.

(*La danse s'anime elle est vive et pittoresque*).

Tandis qu'elle occupe les pères et les mamans le sénéchal enflammé par degré, dit tout bas à la petite Simplicie qu'il l'attend ce soir dans le bosquet : madame Pimbèche donne à part le même rendez-vous à Blaisotin ; les deux innocens paraissent surpris, mais n'osent pas dire, non. Les deux vieux madrés sont chacun de leur côté dans l'enchantement.

Tout à coup l'éclair a brillé, le tonnerre a grondé ; un orage menace de troubler les plaisirs villageois.

On écoute, on reprend les danses : mais bientôt un coup de tonnerre détaché et fort décide la pluie ; elle tombe par torrens.

Le trouble est dans la fête, chacun se sauve comme il peut ; le sénéchal et la douairière sont conduits par les deux laquais qui développent de grands parapluies, ils sortent en témoignant leur désapointement et leurs craintes. Simplicie les cheveux enveloppés dans son mouchoir est entraînée par son père. Lavigne sort par le fond au milieu de ses vendangeurs qu'il dirige et qu'il rassure ; enfin les paysanes se sauvent en couvrant leurs têtes de leurs tabliers déployés.

SCÈNE XI.

Le pauvre Blaisotin est resté près de la maison dont Lagriffe lui a fermé la porte au nez, il ne prend pas garde à l'orage qui est dans toute sa force.

SCÈNE XII.

Au milieu de ce désordre le petit mendiant aveugle a reparu. Il se dirige en tatonnant ; il élève

la voix et implore du secours : mais personne ne
l'entend. Il tombe accablé de crainte et de fatigue
au pied d'un vieux arbre que la foudre vient de
frapper. Après ce dernier coup l'orage diminue
et cesse.

SCÈNE XIII.

A la lueur de l'éclair Blaisotin voit le petit mendiant, il court à lui, le soulève, le place sur un
tertre et lui prodigue tous les secours ; mais il ne
peut venir à bout de lui faire reprendre ses sens :
il appelle Simplicie, elle ne répond pas ; il jette un
petit caillou dans sa fenêtre.

SCÈNE XIV.

L'ingénue devine que ce signal est donné par
son amant, elle paraît à une fenêtre au-dessus de la
porte. Blaisotin lui montre l'enfant, lui fait connaître son embarras : elle lui fait signe qu'elle va
descendre sans bruit.

SCÈNE XV.

Blaisotin revient près du pauvre petit aveugle ;
il semble toujours évanoui.

SCÈNE XVI.

La villageoise sort de la maison avec un flacon ;
elle l'approche des lèvres de l'enfant soutenu par
Blaisotin, et lui fait boire quelques gouttes de la
liqueur. Le petit malheureux paraît revenir à lui
par gradation : les amans admirent son air espiègle.

Le jour a repris son éclat, le petit mendiant se lève en tatonnant ; il a l'air de concevoir toute l'étendue des dangers qu'il vient de courir. Il remercie affectueusement ses jeunes libérateurs ; il prend la main de Simplicie, elle le regarde avec intérêt et s'étonne de le voir aveugle. Le malin enfant lui explique son infirmité ; il marche au hasard son bâton étant perdu.

Il fait prendre à l'innocente le bout de sa ceinture pour qu'elle le dirige : ensuite placé entre les paysans, il veut leur témoigner sa reconnaissance par un petit cadeau fait à chacun. Il prend sous sa robe une flèche et la remet à Blaisotin : celui-ci veut en toucher la pointe, il se pique. Le mendiant rit avec malice, puis présente un cœur à Simplicie : tous deux étonnés retournent et regardent les dons du mystérieux enfant, sans concevoir à quoi ils peuvent être agréables.

Le petit mendiant sourit de leur ignorance, et leur fait la promesse de les instruire. Il montre le cœur et indique qu'il doit être percé par la flèche. « A quoi bon ? » (dit naïvement Simplicie) « C'est le jeu le plus agréable « (répond l'enfant »).

Blaisotin sourit bêtement et avec doute. Sur les indications du petit mendiant, le cœur est placé à un arbre ; l'enfant fait prendre la flèche au novice : il lui indique qu'il doit en percer le cœur.

Simplicie regarde d'un air hébété. Blaisotin s'approche du cœur, il le touche ; mais par sa maladresse la flèche s'émousse et tombe par terre. Simplicie a éprouvé une émotion passagère. Blaisotin se dépite ; ils vont demander des explications à l'aveugle, et sont bien étonnés en le voyant. Le jeune mendiant s'est dépouillé de sa robe, il a soulevé son bandeau devenu brillant, et l'a placé avec grâce sur son front, en laissant lire dans deux beaux yeux : *je suis l'Amour*.

Les amans, d'abord effrayés de cette métamorphose, reculent, se rapprochent en tremblant, touchent les ailes, l'arc et les flèches, reconnaissent enfin le petit dieu et tombent à ses pieds.

L'Amour les relève, il leur dit qu'ils cherchent en vain de l'esprit sans lui, qu'il lui appartenait seul de leur en donner.

Il leur recommande d'abord de se rapprocher. Simplicie est tremblante, Blaisotin reculé avec une espèce d'effroi.

L'Amour commence ses leçons : il fait sa déclaration à la jeune fille, en plaçant le jeune homme de manière qu'il puisse tout voir et l'imiter ensuite Le maître prend la main de sa jolie écolière, la presse sur ses lèvres en la regardant avec feu ; il pose ensuite cette main sur son cœur, il semble s'attendrir et s'enflammer à la fois, et lui ravit un baiser.

Blaisotin éprouve un petit mouvement de jalousie.

L'Amour sourit de sa bouderie, il le prend par la main, le conduit auprès de sa belle, leurs mains se touchent, ils se sauvent tout honteux de deux côtés différens.

L'Amour va chercher son arc au milieu d'une touffe de roses ; il indique à Blaisotin qu'il doit le tendre · mais celui-ci trop novive ne peut y parvenir qu'avec peine. Le dieu l'aide, et dès ce moment, l'amant a trouvé l'esprit et le fait partager à sa gentille maîtresse : tous deux s'inclinent devant leur joli précepteur, dont le flambeau mystérieux vient de s'allumer ; il le lève sur leurs têtes en signe de protection.

(*La nuit vient par degrés*).

SCÈNE XVII.

On voit paraître au fond un des grands laquais du sénéchal et le petit page de la douairière : ils out des lettres à la main , et cherchent partout. L'Amour se glisse dans la grotte avec Blaisotin , après avoir fait cacher Simplicie dans le bosquet.

SCÈNE XVIII.

Les deux valets se joignent au bas du côteau ; surpris de se voir , ils se font part de leurs messages et se consultent pour savoir comment ils remettront leurs missives.

L'Amour sort de la grotte , il a une cornette , un bavolet un grand tablier ; il marche lentement et d'une manière qui semble pénible : car il a pris la forme d'une vieille fille. Les valets voyant venir cette vieille villageoise, l'abordent et lui demandent où ils pourront trouver la fille du fiscal et le fils du vigneron.

La bonne femme après s'être fait prier , semble céder à l'appas d'une pièce d'or : elle conduit le grand laquais près de la maison , après avoir dirigé le petit page vers la grotte.

SCÈNE XIX.

A un geste de l'Amour déguisé , Simplicie se montre près du bosquet, Blaisotin sort de la grotte. Les deux lettres sont remises avec de grandes démonstrations et de plus grandes protestations encore au nom de ceux qui les envoient.

Les amans reçoivent les billets doux et les ouvrent. (Celui du sénéchal est fermé par un énorme cachet ; celui de la douairière par une grosse épingle). Simplicie et Blaisotin examinent, retournent les papiers ; quel embarras ! ils ne savent pas lire : les valets aussi ignorans qu'eux ne peuvent les aider.

La fausse vieille rit aux éclats en se moquant de leur ignorance.

Le grand laquais regarde la rieuse et s'avise de lui demander si elle sait lire ; elle répond que *oui*. Il la conduit près de Simplicie, la vieille lit la lettre qui renouvelle le rendez-vous donné, elle montre le bosquet ; ensuite conduite par le page elle va répéter cette scène auprès de Blaisotin et montre la grotte.

Les messagers d'amour demandent une réponse.

Les deux villageois hésitent à la donner, mais encouragés par leur protecteur ils finissent par y consentir ; Simplicie remet le gros cachet au laquais, et Blaisotin rend l'épingle au page ; tous deux guidés par la maligne vieille, sortent en témoignant leur satisfaction d'avoir reçu, les signes d'assentiment convenus.

(*La nuit devient très-obscure.*)

SCÈNE XX.

Les deux amans sont agités, inquiets, la vieille les rassure en leur disant : « laissez moi faire, point « d'inquiétude, l'Amour est pour vous, tout ira « bien. »

On entend du bruit, l'Amour encourage les deux villageois, leur promet de ne pas les perdre de vue et disparaît.

SCÈNE XXI.

Le sénéchal se montre au fond d'un côté, et la douairière s'avance de l'autre : tous deux sont guidés par les valets, qui leur indiquent l'endroit du rendez-vous, puis se retirent.

SCÈNE XXiI.

Les vieux amoureux s'avancent avec mystère, sans se voir : le sénéchal trouve la villageoise près du bosquet, la douairière rencontre le villageo s contre la grotte, et tous deux témoignent leur ravissement de cette exactitude.

Double scène burlesque de déclaration, les jeunes gens maintenant délurés laissent les deux ridicules personnages et se réunissent en arrière à la vieille pour se moquer des vieux soupirans.

Cependant ceux-ci ne trouvant plus leurs parteners, appellent à demi voix, et se trompant dans l'obscurité viennent l'un près de l'autre.

Le sénéchal offre un anneau à la douairière et le passe à son doigt non sans peine ; celle-ci en minaudant détache sa fontange jaune et présente ce gage d'amour en échange de l'anneau. Dorvieux et madame Pinbèche sont aux anges, le séducteur suranné profite de son avantage et entraîne sa conquête dans la grotte.

SCÈNE XXIII.

A peine ont ils disparu, l'Amour toujours déguisé fait un signal en reprenant son flambeau allumé et soudain la grotte se ferme et fait prisonnier le vieux couple. Un nuage descend alors et couvre tout le fond, en même temps les vêtemens de vieille ont disparu et le dieu de Paphos se retrouve dans son aimable nudité.

Le tonnerre gronde, l'éclair brille, tumulte extérieur, effroi des jeunes amans à l'approche de leurs parens sans doute irrités.

SCÈNE XXIV.

Cupidon les a rassurés , ils sont à ses genoux.
Le père Lavigne , Lagriffe arrivant à la hâte et re-
connaissant qu'un miracle d'amour cause tout le
tapage qui vient de les attirer , se prosternent en
toute humilité devant le petit dieu dont la présence
leur rappelle leurs anciennes fredaines. Comment
alors ne pas excuser celles de leurs enfans ? Les
bons pères pardonnent. Le tabellion , la servante
et tous les serviteurs accourus avec eux parta-
gent leur joie.

SCÈNE XXV.

Durant cette explication la grotte s'est rouverte
par la puissance du petit en chanteur : confusion
des deux vieux amoureux en se trouvant tête à tête:
ils rougissent de leur prétendue bonne fortune; ils
vont se quereller ; l'Amour les arrête en leur con-
seillant de commencer d'abord par réparer leurs
sotises par le mariage, sauf à se disputer après tout
à leur aise ; ils y consentent en soupirant.

Cependant le coteau a changé d'aspect; il est
couvert d'arbustes fleuris au milieu desquels une
foule de petits amours se trouvent grouppés; au
centre est un petit temple, le dieu va se placer sur
un piédestal entouré des trois Grâces; tous les
amours portant des couronnes et guirlandes de
roses sont rangés autour d'eux et forment divers
tableaux à la manière de l'Albane, union des deux
couples ; mais sous des auspices un peu différens.

Danse finale.

FIN.

DES TRANSFORMATIONS SUCCESSIVES

DES

EAUX SULFURÉES SODIQUES

ET DES

CONSIDÉRATIONS THÉRAPEUTIQUES

QUI S'Y RATTACHENT

PAR

Le D^r MAX. DURAND-FARDEL,

Membre de l'Académie de Médecine, Médecin inspecteur à Vichy.

PARIS,

OCTAVE DOIN, ÉDITEUR,

8, PLACE DE L'ODÉON, 8.

—

1889

DES TRANSFORMATIONS

EAUX SULFURÉES SODIQUES

I.

Il est impossible de suivre sur une carte géographique, ou sur place, cette riche collection d'eaux sulfurées sodiques qui se succèdent dans toute la longueur du versant nord des Pyrénées, sans être frappé de l'analogie qu'offrent entre eux les produits thermaux dont cette région est émaillée. La communauté d'origine dans les terrains primitifs, l'identité du principe essentiel qui émane du sol, une parenté manifeste dans leurs actions thérapeutiques, en font une des familles les mieux définies de la médication thermale. Mais il est impossible en même temps de n'être pas saisi d'étonnement en considérant les nuances infinies offertes par ces émergences innombrables, qui réalisent les formes les plus diverses aux dépens d'un principe commun.

Ces types différents n'appartiennent pas seulement à des localités distinctes ou à des groupes séparés. Ils se produisent également dans les sources les plus voisines d'un même groupe, et encore dans une même source, suivant qu'on la prend à une distance différente de son lieu d'émergence.

En effet, ces eaux sont, pour la plupart et à des degrés divers, immédiatement altérées dans leur constitution dès leur apparition à la surface du sol. Elles trouvent leurs causes d'altération et en elles-mêmes, à l'instant où elles échappent aux conditions de pression qu'elles avaient subies jusque-là, et surtout dans l'air atmosphérique où elles plongent dès leur émergence. Leurs éléments propres se modifient avec une rapidité à peine saisissable, les uns s'en séparant instantanément, d'autres s'y multipliant par eux-mêmes, les autres subissant de complètes transformations.

Quelle que puisse être leur constitution originelle, qu'elles proviennent de sulfates réductibles à leur lieu de formation, qu'elles apportent des monosulfures ou des sulfhydrates de sulfures, ce qui nous intéresse surtout, c'est les transformations qu'elles subissent à leur lieu d'émergence, transformations fixes ou passagères, superficielles ou radicales, inutiles ou efficaces, et qui mettent à notre disposition des agents thérapeutiques infiniment variés.

Dès leur arrivée à la superficie et dans les conditions nouvelles, si je puis ainsi parler, qui leur sont faites, le sulfure de sodium tend à faire place à des formations chimiques nouvelles. Les éléments de l'eau elle-même, sous l'influence, sans doute, du changement soudain de la pression et de la température, peut-être en raison d'affinités particulières, se dissocient et fournissent à une partie du sulfure de l'oxygène qui convertit le sodium en soude, et de l'hydrogène qui forme avec le soufre de l'acide sulfhydrique.

Que devient successivement chacun des principes constitutifs de l'eau sulfurée sodique, l'élément soufre d'une part et la soude de l'autre, lesquels tendent alternativement à se séparer et à se rejoindre? Voici ce que je vais essayer d'exposer le plus clairement possible.

Le *soufre* revêt quatre formes, successives ou définitives :

Il se dégage à l'état d'hydrogène sulfuré.

Il se concentre dans le sulfure lui-même, à l'état de polysulfure.

Il s'isole à l'état de soufre en nature.

Il se combine avec l'oxygène de l'air atmosphérique à l'état d'acide sulfureux.

L'hydrogène sulfuré se perd dans l'atmosphère.

La formation d'un polysulfure peut être définitive. Le plus souvent elle n'est qu'un phénomène transitoire, et peut-être précède-t-elle toujours la précipitation du soufre.

Celui-ci se dépose en masse, ou bien il se suspend dans l'eau elle-même dans un état de division infinie.

Enfin, le restant du soufre non épuisé par le dégagement de l'hydrogène sulfuré, par le dépôt de soufre en nature ou par sa fixation en polysulfure, est saisi par l'oxygène de l'air et transformé en acide hyposulfureux, sulfureux, et finalement sulfurique.

De son côté, la *soude* du sulfure primitif, formée d'abord aux dépens de l'oxygène de l'eau elle-même, puis à mesure au contact de l'oxygène atmosphérique, ne pouvant demeurer isolée en présence des acides qui la côtoyent, passe peut-être, par suite d'attractions et de répulsions successives, à l'état de silicate, grâce au contact de la silice, puis de carbonate avec l'acide carbonique de l'air : mais ce ne sont là que des états contestables, peut-être purement théoriques, au moins pour le silicate. Mais, finalement, elle est prise par les acides du soufre, et se retrouve à l'état d'hyposulfite, de sulfite et enfin de sulfate, dernier terme des transformations du sulfure de sodium primitif.

J'ajouterai que, peut-être encore en raison de l'insuffisance de bases sodiques, on retrouve parfois à la fin de l'acide sulfurique.

Maintenant il faut savoir que, parmi le vaste champ de ces émanations sulfurées sodiques, dans chaque région, dans chaque groupe, dans chaque source elle-même, on peut voir se partager inégalement l'aptitude à chacun des changements que je viens d'énumérer. C'est l'hydrogène sulfuré qui se dépense avec prodigalité ou se produit à peine ; c'est la polysulfuration qui se fixe et s'enrichit sur elle-même, ou qui ne se forme que pour s'éteindre aussitôt ; c'est le soufre en suspension qui blanchit quelques-instants ou forme un lait de soufre définitif ; c'est la dégénérescence sulfitée, qui se laisse à peine apercevoir ou qui prend toute la place. De sorte que la valeur et la qualité, ou la signification thérapeutique d'une source quelconque, n'a pas à se mesurer, comme on le faisait autrefois, à sa richesse en soufre, déterminée à l'aide de la sulfurométrie, mais à ses aptitudes à tel ou tel mode de transformation.

Tels sont les résultats tangibles des transformations des

sulfurées sodiques, et que nous ayons à retenir parmi les phénomènes complexes qui président à ces altérations, en n'oubliant pas leur connexion avec le sulfure persistant, dont la proportion de fixité se trouve si variable :

L'hydrogène sulfuré ;

La polysulfuration ;

La suspension du soufre ;

La présence de sulfites (dégénérescence) ;

représentent les termes qui nous intéressent seuls, parce qu'ils intéressent les actions et les applications thérapeutiques. Les dépôts de soufre, comme ceux de silice, le sulfate de soude ou l'acide sulfurique final n'ont rien à faire à leur sujet.

Quant aux phénomènes qui président à leur évolution et remplissent l'intervalle qui sépare l'apparition à la lumière du sulfure de sodium et ses diverses transformations, ils nous échappent, au moins en partie, et ne sont peut-être pas tous d'ordre purement chimique. En effet, à tout ce qui vient d'être rappelé, il faut encore ajouter les témoignages de vie souterraine que nous apportent les matières organiques, de la présence et de l'inégalité de distribution desquelles on a à tenir compte dans l'application.

Un savant distingué, et très autorisé dans cet ordre de recherches, M. Louis Olivier, a entrepris sur ce sujet des études qui permettent de prévoir des résultats du plus haut intérêt. (Voir *Microbes des Eaux minérales*, par Louis Olivier, in *Annales de la Société d'Hydrologie médicale de Paris*, t. XXXIV, 1889 ; — *Sur la Barégine ou matière organique des Eaux sulfureuses*, par Marcet, mêmes *Annales*, t. XIX, 1874. — *De la présence constante de micro-organismes dans les eaux de Luchon, recueillies au griffon à la température de 66°, et de leur action sur la production de la Barégine*, par Certes et Garrigou, in *Compte-rendu du Congrès de Biarritz*, 1887, p. 209).

II

Ce qui frappe d'abord dans l'emploi des eaux sulfurées, c'est une double action : une action *excitante* et un champ d'action *périphérique*.

L'excitation générale du système est un effet commun à toutes les eaux minérales. M. de Ranse et M. Caulet en ont signalé les témoignages près des eaux de Néris et de celles de Saint-Sauveur, lesquelles sont des eaux éminemment sédatives : mais ainsi, sans doute, sédatives plutôt dans leurs résultats que dans leur modalité immédiate. Mais l'intensité des phénomènes tangibles d'excitation varie beaucoup, et c'est aux eaux sulfurées qu'ils atteignent leur apogée.

C'est de là que découle un principe primordial d'application : que les eaux sulfurées sont d'autant plus indiquées, dans un état morbide quelconque, qu'il s'agit d'une constitution plus molle ou plus abaissée soit originellement, soit en raison des circonstances, et d'autant plus contre-indiquées qu'il s'agit de constitutions plus excitables, dans le sens névrosique ou dans le sens congestif. Et cette double vue se rapporte aussi bien aux états morbides eux-mêmes qu'aux conditions constitutionnelles, le caractère des premiers ne s'adaptant pas toujours exactement à celui des autres.

Un autre caractère des eaux sulfurées sodiques est la prédominance de leur action périphérique, c'est-à-dire de leur action sur la peau et sur les membranes muqueuses, mais les muqueuses en connexion directe avec le revêtement extérieur, muqueuses respiratoires, muqueuses des organes des sens et muqueuses génitales.

De là, leur indication essentielle dans les dermatoses et dans les catarrhes, entendons dans les catarrhes dont je viens de poser les limites. Et ces indications sont tellement précises qu'elles doivent ou peuvent être obéies, quels que soient le caractère de l'état constitutionnel et son appropriation, effective ou négative, au traitement sulfureux.

Les eaux sulfurées sont toujours d'une application salutaire aux scrofuleux; mais leurs applications sont insuffisantes au sujet des déterminations profondes de la scrofule, infarctus celluleux ou ganglionnaires, affections des os ou des articulations, lesquelles sont essentiellement du ressort des chlorurées sodiques (ceci sauf une exception que je signalerai plus loin). Mais s'il s'agit de scrofulides cutanées ou de scrofulides muqueuses, laryngo-bronchites, rhinites, ophthalmies, otites, ou seulement de ces affections chez des scrofuleux, elles représentent alors la médication absolument spéciale.

Quant à l'arthritis, assurément les eaux sulfurées n'en sont pas une médication. Mais M. Leudet a fait voir qu'elles pouvaient exercer une action salutaire dans les catarrhes des goutteux. Personne n'a jamais contesté, je crois, l'appropriation directe des eaux sulfurées aux catarrhes des goutteux, comme des autres : seulement il y a lieu de craindre de leur part une action perturbatrice et nuisible sur l'évolution de la goutte elle-même. Les observations dues à M. Leudet tendent à écarter l'idée des inconvénients auxquels j'ai eu occasion de faire allusion à ce sujet, au moins pour ce qui concerne les Eaux-Bonnes, et l'usage discret que sait en faire mon habile confrère.

Si les eaux sulfurées ne représentent qu'une médication insuffisante de la scrofule et ne sont pas une médication de l'arthritis, leur spécialisation diathésique se rapporte à l'herpétis. Et il semble qu'il y ait une véritable connexion entre cette médication mobile, changeante, un peu superficielle, et l'herpétis, diathèse que personne n'a pu encore définir, à caractères fugaces, mobiles et périphériques, ses déterminations les plus caractéristiques affectant le tégument externe et les membranes muqueuses en connexion avec ce dernier. Ceci s'applique, en effet, à la conception de l'herpétis identifié avec la dartre, la dartre cutanée ou muqueuse, bien distincte des scrofulides et des arthritides, et ne retentissant guère au dedans que sous la forme de névralgies.

Seulement, si ces névralgies, ou si les formes douloureuses des herpétides viennent à dominer, de même que nous avons vu tout à l'heure que les catarrhes des goutteux pouvaient réclamer les sulfurées, malgré la contre-indication de ces eaux dans la goutte, nous verrions ici les sulfurées contre-indiquées contre de pareilles déterminations, malgré l'indication signalée par l'herpétis.

Lorsque j'ai mis en saillie ces deux termes de l'action des sulfurées, l'excitation et le champ de la périphérie, ai-je entendu limiter ainsi leur domaine? Bien loin de là.

J'ai voulu exprimer ce qui, dans leur modalité d'action, est le plus manifeste et le plus incontesté. Le reste est plus voilé et moins définissable.

Un troisième caractère des sulfurées sodiques est l'action reconstituante. Pouvons-nous en saisir le mécanisme ? Je vais essayer d'exprimer ce que l'on peut penser sur ce sujet.

L'action reconstituante appartient à toutes les eaux minérales, comme leur appartient l'action excitante. Elle est, avec celle-ci, un des caractères les plus généraux de la médication thermale. Elle se retrouve aussi bien dans les eaux les moins minéralisées que dans celles d'une composition plus formelle et plus significative, — à des degrés très divers, assurément. Mais elle appartient surtout aux eaux fortement caractérisées, telles que les sulfurées, les chlorurées et les bicarbonatées sodiques.

Le mécanisme ou, si l'on veut, la cause prochaine de la reconstitution est-il le même dans ces eaux différentes ? Je ne le pense pas.

Il y a certainement, dans l'action reconstituante considérée dans l'ensemble des eaux minérales, deux éléments dont il faut tenir compte : la reconstitution par la modification des actes nutritifs, s'exerçant dans le milieu des échanges organiques, et la reconstitution par l'excitation des grands systèmes de l'économie.

Voici une comparaison qui rendra clairement ma pensée. Je compare ces deux termes de la reconstitution aux effets produits sur un épuisé par inanition au moyen des injections hypodermiques d'éther d'une part, et d'une autre par une alimentation graduelle et réconfortante. L'une de ces actions est dynamique ; l'autre est chimique, dans le sens où ce mot peut être appliqué à des actes même de la vie.

Ces deux éléments de la reconstitution se retrouvent dans les eaux minérales. Peut-on en faire le départ ? Sans doute, dans une certaine mesure.

La reconstitution par les chlorurées et les bicarbonatées sodiques paraît due à une action directement exercée sur les phénomènes intimes de l'assimilation : ce serait une action chimique.

La reconstitution par d'autres eaux minérales, les sulfurées en particulier, serait due principalement à l'excitation du système, et serait ainsi plutôt de caractère dynamique.

Et ce qui les distingue entre elles, c'est que les effets de l'une sont profonds, silencieux, insaisissables d'abord et ne s'accusant que par leurs résultats, comme dans le cas supposé plus haut des effets d'une alimentation réparatrice, et que les effets de l'autre sont extérieurs, tangibles et d'expressions immédiates, comme dans le cas des injections d'éther.

Maintenant, quand j'emploie, faute de mieux, cette expression d'*excitation*, qui répond à un fait visible, et celle d'action *dynamique*, qui a plutôt une valeur d'explication, est-ce encore à cela que j'entends réduire l'action des sulfurées, que je cherche à analyser? Non, sans doute.

L'excitation produite par une application des boues de Dax sur une jointure empâtée, dont elle prépare la résolution, n'est pas la même que celle d'un sinapisme de moutarde. L'excitation des eaux sulfurées n'est pas la même que celle des eaux mères des salines.

Si nous ne pouvons invoquer l'absorption des principes minéralisateurs par la peau, il faut bien que nous reconnaissions une action de surface du bain minéral sur le tégument externe. Cette action ne peut retentir plus avant que par l'entremise du réseau vasculaire et nerveux si énergiquement vivant de la couche tégumentaire, c'est-à-dire du système vaso-moteur. Nous pouvons croire que c'est de la manière dont il est impressionné que dépendent les caractères spéciaux de l'action excitante.

Je viens de parler des bains parce que, avec les inhalations, les douches aussi, ils tiennent la plus grande place dans la médication sulfureuse. Mais le traitement interne en tient une aussi, rarement exclusive; il en est ainsi aux Eaux-Bonnes, très particulièrement.

Si le traitement interne participe naturellement aux actions excitantes, périphériques et reconstituantes de la médication thermale sulfureuse, ce qui peut lui appartenir au delà paraît plus difficile à définir. Ceci rentre dans ce milieu à peu près empirique où nous tiennent tant de résultats de la médication thermale. Dans ce milieu où nous ne pénétrons pas, quelle signification attribuer à chacun des principes nombreux que nous montre l'analyse chimique ? Ceux-ci, d'après M. Garrigou, seraient au nombre de 29, dans l'Eau-Bonne, sans compter la matière organique dyalisable et non dyalisable, le tout se partageant les 59 centigrammes (0^{gr},59) attribués à cette eau minérale.

Quant aux principes essentiels de l'eau sulfurée, au sulfure de sodium, il s'en introduit bien peu. Le soufre total, d'après le même chimiste, ne donne que 0^{gr},008 par 1000 grammes aux Eaux-Bonnes, et la soude 0^{gr},12, proportions que réduisent encore considérablement les doses auxquelles on prend habituellement ces eaux par exemple, et la déperdition du soufre à l'air libre, pour la plupart des eaux sulfurées.

On sait combien nous sommes peu éclairés sur les actions du soufre dans l'économie. Mais on sait aussi, et les Eaux-Bonnes nous en offrent un exemple saisissant, à quelle faible dose peuvent agir les eaux minérales les plus considérables par leur pouvoir thérapeutique. Nous nous trouvons donc là en face d'inconnues : est-ce dans la présence d'une matière vivante dans les eaux minérales, et dans les réactions réciproques de cette matière et de la matière minérale, qu'on rencontrera la solution de ce problème?

III.

J'ai tâché, dans cette esquisse d'un sujet dont l'étendue égale la complexité, de séparer ce qui est manifeste de ce qui ne l'est pas, ce qui est du ressort de l'observation pure, et de ce que l'analyse peut percevoir et qui lui échappe souvent. Un dernier trait est le suivant : que, parallèlement à l'infinie variété des formes revêtues par les eaux sulfureuses, correspondent des variétés, non moins remarquables, d'effets thérapeutiques qu'un lien commun rapproche, mais que séparent toutes sortes de caractères différents. Ici encore nous rencontrons des effets que nous pouvons rapporter à une cause manifeste, puis d'autres que nous ne pouvons que constater.

Tous les traités sur les eaux minérales, spéciaux ou généraux, ramassent les sulfurées sodiques en un faisceau unique, rationnellement sans doute dans le sens d'un principe commun, mais non plus dans le sens de la diversité de leurs effets. Il en résulte pour l'étude, comme pour les applications, une grande confusion. Je propose d'établir, entre les eaux qui se rassemblent dans la famille des sulfurées et dans la classe des sulfurées sodiques, des groupes particuliers sur lesquels l'esprit puisse reposer, tant dans l'étude que dans la pratique..

Ces groupes sont les suivants :

1. Luchon............
   Ax.................
   Cauterets......... } Sources très multipliées, dont les transformations et les variétés répondent à l'ensemble des applications et des types sulfurés sodiques.

2. Eaux-Bonnes ......
   Eaux-Chaudes ....
   Barèges...........
   Saint-Sauveur..... } Spécialisations particulières de constitution et d'application.

3. Stations des Pyrénées-Orientales . } Dégénérescence et ses conséquences thérapeutiques.

4. Marlioz...........
   Challes........... } Étrangères à la région pyrénéenne.

Je ferai suivre ce Tableau de quelques courtes remarques.

1° Le caractère commun des trois stations de Luchon, Ax et Cauterets, est indéniable. La richesse et le nombre des émergences qui dépassent 70 à Luchon et à Ax, et sont une vingtaine à Cauterets, les thermalités extrêmes, la multiplicité des types, en font bien un groupe à part. Dans chacune de ces stations, il y a, avec une minéralisation moyenne de $0^{gr},25$, des sources fortes, moyennes et faibles, au point de vue de la sulfuration, comme au point de vue de l'activité thérapeutique, sans qu'il y ait nécessairement un rapport exact entre ces deux termes.

C'est ainsi qu'à Luchon, la Reine et les Grottes, à Cauterets, César et les Espagnols, à Ax, certaines sources du Couloubret et du Tech, représentent le maximum de l'action sulfureuse, et que les sources blanches de Luchon trouvent leurs correspondantes dans les eaux bleues d'Ax, et, pour l'application, dans le Rocher et le petit Saint-Sauveur de Cauterets.

Les actions intermédiaires sont fournies par les sources nombreuses qui avoisinent les précédentes. On peut donc dire que la médication sulfureuse se montre au grand complet dans chacune de ces stations.

2° Le deuxième groupe offre un contraste remarquable avec le précédent. Ici abaissement de la thermalité, réduction considérable dans le nombre et le débit des émergences, circonstances particulières de composition et applications plus étroites.

D'abord les Eaux-Bonnes, avec une température de 32° et une minéralisation de $0^{gr},60$, supérieure aux précédentes, et surtout la présence de bases calciques à côté des bases sodiques, dues aux terrains calcaires que ces eaux ont traversés. Caractères assez semblables aux Eaux-Chaudes, sauf un chiffre moindre de minéralisation et de bases calciques. Si les Eaux-Chaudes offrent des appropriations thérapeutiques qui les rapprochent de Saint-Sauveur et des sources douces de Luchon, les Eaux-Bonnes se sont spécialisées à peu près dans les affections des voies respiratoires, bien qu'elles aient eu autrefois, sous le nom d'*eaux d'Arquebusades*, de tout autres appropriations.

Barèges nous représente un type de constitution tout particulier, c'est la fixité de sa polysulfuration. Et le caractère énergique de sa médication, si salutaire dans un certain ordre de cas pathologiques, en particulier dans les scrofules osseuses et articulaires, l'écarte d'un grand nombre des applications familières aux sulfurées sodiques. Il faut ajouter à cela le défaut d'émanations sulfureuses, d'où résulte l'inaptitude de Barèges au traitement des affections respiratoires.

Cette dernière circonstance se retrouve à Saint-Sauveur, dont les qualités sédatives ne trouvent pas d'explication dans leur constitution, mais spécialisent formellement le champ de ses applications.

3° Les eaux sulfurées des Pyrénées-Orientales ont toutes un caractère commun, leur dégénérescence rapide et leur transformation en sulfitées. L'ensemble de leurs applications offre également ce trait commun, d'un amoindrissement des qualités excitantes des eaux du premier groupe, tout en reproduisant l'ensemble de leur caractères.

Ces eaux des Pyrénées-Orientales forment à elles seules un assemblage de sulfurées d'une richesse extraordinaire, et l'on pourrait établir entre elles une distinction parallèle à celle qui vient d'être établie dans l'autre partie de la région pyrénéenne.

Les stations d'Amélie, du Vernet et d'Olette répondent par leurs thermalités considérables, par la multiplicité et l'abondance remarquables de leurs émergences, par l'extension de leurs appropriations, aux stations de Luchon, d'Ax et de Cauterets.

Molitg et la Preste répondent au deuxième groupe par le nombre limité et la thermalité moindre de leurs sources, par le débit beaucoup plus mesuré de celles-ci, et enfin par la spécialisation bien plus limitée de leurs applications.

Enfin, les sources étrangères aux Pyrénées réclament une place à part, non pas seulement par leur situation géographique, mais surtout par leur propre constitution. Si Fontan s'était trompé en déclarant qu'on ne trouverait pas de véritables sulfurées sodiques en dehors des Pyrénées (au moins pour nos régions occidentales), il avait du moins pressenti qu'il ne s'y rencontrerait pas d'eaux précisément similaires.

En effet, nous rencontrons dans la Savoie Challes et Marlioz, froides, la première avec 10°, la seconde 14°, de faibles débits, n'excédant pas 600 hectolitres, un petit nombre d'émergences et une minéralisation excédant de beaucoup celle des sources pyrénéennes, 0^{gr},63 pour Marlioz, 1^{gr},21 pour Challes. Puis, dans l'une et dans l'autre, nous trouvons le carbonate de soude, à peu près inconnu dans les sulfurées pyrénéennes (sauf une indication dans les Pyrénées-Orientales), et nous voyons le gaz carbonique y prendre une place ailleurs réservée à peu près exclusivement à l'azote. Enfin, l'iodure de sodium se laisse doser à Marlioz et atteint à Challes la proportion de 0^{gr},12, absolument inusitée dans n'importe quelle classe d'eaux minérales.

Ces remarques auront suffi, je pense, pour légitimer le classement intérieur que je propose pour les eaux sulfurées sodiques. Je n'ai mentionné que les stations les plus typiques. Il sera facile de faire entrer les autres stations de cette belle région thermale dans le groupe à laquelle chacune d'elles doit appartenir.

Paris. — Imp. Gauthier-Villars et fils, 55, quai des Grands-Augustins

9 782019 252120